© Peralt Montagut
D.L. B-35077-98
Impreso en C.E.E.

El

Hombrecito

de Mazapán

Ilustrado por Graham Percy

Había una vez un viejecito y una viejecita que se sentían muy solos porque no tenían hijos.

Un día la viejecita
hizo un Hombrecito de Mazapán. Su
chaquetita la hizo de chocolate y
el gorro y los zapatos de dulce azúcar reluciente.

Había acabado de poner pasas
negras para hacer los botones
de su chaquetita...

cuando el Hombrecito saltó y
salió corriendo de la casa, hacia el jardín
y la calle.

El viejecito y la viejecita
le persiguieron hasta el final del pueblo…

pero él, riéndose, gritó:

«¡Corred, corred lo más que podáis!

¡No me podréis coger,

pues soy el Hombre de Mazapán!»

Y no le pudieron
coger.

El Hombrecito de Mazapán pasó junto a una vaca
blanca y negra que pastaba cerca del
camino. «¡Detente, Hombrecito de Mazapán!»,
dijo la vaca,

«Me gustaría comerte.»
Pero el Hombrecito de Mazapán se alejó corriendo,
y riéndose le dijo:

«Me he escapado de un viejecito
y una viejecita,
y también podré escaparme de ti.
¡No me podrás coger,
pues soy el Hombre de Mazapán!»

Y la vaca no pudo cogerle.

El Hombrecito de Mazapán corrió y corrió
hasta que llegó a una granja en
donde había algunos granjeros
trabajando.

Cuando le vieron,
pararon de trabajar
y gritaron a la vez:
«Espera un poco,
Hombrecito de Mazapán,
nos gustaría poderte comer».

Pero el Hombrecito de Mazapán
corrió más deprisa que nunca
y les contestó:

«¡Me he escapado de un viejecito,
de una viejecita,
de una vaca blanca y negra,
y también podré escaparme de vosotros!»

Y, saltando la puerta del corral,
gritó:
«¡Corred, corred lo más que podáis!
¡No me podréis coger,
pues soy el Hombre de Mazapán!»

Entonces pensó que nadie podría cogerle,
así que cuando una zorra comenzó a
perseguirle en el bosque, él se rió:

«Me he escapado de un viejecito,
de una viejecita,
de una vaca blanca y negra,
de una granja llena de granjeros.

¡Y también podré escaparme de ti!
¡Corre, corre lo más que puedas!
¡No podrás cogerme,
pues soy el Hombre de Mazapán!»

Entonces llegó a la orilla de un río
y vio que no podría cruzarlo
nadando.
«Salta sobre mi cola», dijo la zorra,
«Yo te cruzaré.»

Cuando se habían alejado un poco
de la orilla, le dijo la zorra:
«¡Eres muy pesado para mi cola, Hombrecito de
Mazapán, salta sobre mi lomo!»

Un poco después le dijo la zorra:
«Creo que ahí te estás mojando,
salta sobre mi hombro.»

Y luego dijo:
«Oh, mi hombro se está hundiendo;
ponte en mi nariz.»

Y el Hombrecito de Mazapán se colocó con cuidado
sobre la nariz de la zorra.

En aquel momento llegaron a la otra
orilla del río, cuando de repente
la zorra echó hacia atrás
su cabeza... ¡para dar un mordisco!

«¡Oh, cielos!», dijo el Hombrecito de Mazapán,
«¡Soy una cuarta parte menos!»

Un poco después, dijo:
«Cómo, ¿ahora ya soy la mitad menos?»

Y luego dijo:
«¡Por todos los cielos,
ahora soy tres
cuartas partes menos!»

Y después de esto, el Hombrecito de Mazapán nunca volvió a decir una sola palabra más.

Impreso en APIPE Artes Gráficas
Sabadell - Barcelona (España)